再生

YOKOYAMA Nao
横山 尚

文芸社

佐藤美登里の人生の前半はとても順調でした。進学、就職、結婚と彼女の思うように人生は進んでいったのです。就職は落ち着いた環境の中都市にある女子中学高等学校にしました。学校自体も落ち着いていたし、そこに勤めている同僚も心の温かい良い人たちばかりでした。美登里はその学校に体育教師として赴任し、教師として、人間としても育てられたのです。

二十七歳で結婚をして、すぐ男の子に恵まれました。家では優しい姑が家事一切をしてくれて、美登里が家に帰ると風呂は沸いており、食事もできている状態でした。夫の吉夫とは日曜日にまとめて食材を買いに行くなど、仲の良い夫婦でした。生活環境はとても安定しており、仕事に没頭できたのです。息子の大吾も姑が心を込め育ててくれていました。姑はとても目配り気配りができる穏やかな性格の人なので、おとなしい良い子になるだろうと美登里は感謝していたのです。

美登里は一人娘なので、早くから実家の親の面倒を見なければいけないと心に決めていて、月に一回は両親を呼び、みんなで会食をしていました。夫の弟夫婦も呼んで、みんな仲良く、とても楽しい日々を送っていたのです。

彼女は姑に感謝すると同時に、仕事にのめり込み始めました。

美登里は新体操部の指導をしていたのですが、就職をした時は新体操などしたことも見たこともありませんでした。当時、指導書などはなく、彼女は八ミリ撮影機を抱えて全国大会を撮影して競技を見ながら勉強をし、手探りで指導していました。その熱意が徐々に報われ、数年後には全国大会に出場できるくらいになっていたのです。美登里が中学一年から指導した生徒が高校三年になり卒業する時には、嬉しくて涙が出るのを、誰にも見られないようにそっと目頭を拭きました。自分に付いてきてくれた生徒を子供のように愛しく感じたものです。

美登里は指導をすることに喜びを見いだし、常に生徒と一緒に一歩一歩上を目指しました。それと同時に仕事に一生懸命になれる状態を作ってくれる姑に感謝し、夫にも感謝をしていたのです。

孫の大吾が小学校の高学年になると、姑にも少し時間に余裕ができました。それで姑は旅行などに出るようになりました。それと同時に、美登里がいつも家にいないので、家は近所の老人のたまり場になったのです。

美登里はそれについては何も思わなかったのですが、ちょうどその頃から、姑は家のことについて少しずつ苦情を美登里に言うようになりました。初めのうちは「親が月に一回来るのはおかしい」と言われても聞き流していたのですが、自分の両親の言葉遣いとか、滞在している時間とか、細かいところまで文句を言い出したのには美登里も我慢しきれなくなり、言い返し始めたのです。

このようにして、今までうまくいっていた嫁姑の間はこじれていきました。美登里は、あの優しかった姑が豹変したのは、おそらく近所の老人が姑をそそのかし、洗脳しているからだと思ったのですが、なすすべはありませんし、本当はどうなのか、調べることもできませんでした。溝のできた人間関係はどうしようもありません。結局夕食は美登里が作ることになったのです。姑との関係はだんだん冷えていき、決定的に割れてしまいました。

その頃と前後して夫の吉夫の帰宅が遅くなりました。夕食を用意していても食べない日々が続きました。捨てるのももったいないので、美登里はとうとう夫の夕食を用意しなくなったのです。

嫁姑の険悪な状態は行き着くところまで行ってしまって、姑は「老人ホームに行きたい」と言い出しました。老人ホームは家に近い所にあったので、美登里はそれでも良いのではないかと思いました。このままだとさらに近所の老人仲間に入れ知恵をされ、美登里と姑との仲は、もっともっと大変なことになると思ったのです。美登里は、将来自分自身も老人ホームに入ろうと思っていたので、息子夫婦と一緒に住むことなど頭のどこにもありませんでした。だから賛成して、すぐ姑の入所手続きをしたのです。

当時、入所希望者は少なく、姑は半年くらい待ってホームに入所できました。

大吾は自分を育ててくれた祖母と離れたので、美登里は、大吾が寂しかろうと思いハスキー犬を飼いました。大吾は犬が大好きなので喜び、美登里の忙しい時は喜んで散歩に行っていました。このようにして大吾は一人の生活に慣れていったのです。

それからの美登里は、最低でも一カ月に一回はホームを訪問したのです。出張などでどうしても行けない時は、高校生になった大吾が訪問してくれました。

姑は大吾が訪問することをとても喜び、大吾が行った時は各部屋に大吾を連れて歩き、孫だと紹介していたそうです。自分の育てた孫が来てくれたのが、よほど嬉しかったのでしょう。また老人ホームを高校生が一人で訪問することなどないのでしょう。美登里は大吾をとても褒めました。

大吾はこうやって一人でも祖母の所に行ってくれるのに、それにひきかえ、吉夫は自分の親なのに、全く訪問しません。美登里は心の中で夫は何と不人情な人なのだろうか、と思っていたのです。

吉夫が家にいるのは日曜日だけでした。毎日午前様の帰宅です。三十代半ばから夫婦関係も全くなくなっていました。けれども、美登里は仕事が忙しく、この年齢で夫婦関係がなくなっても、おかしいともなんとも感じませんでした。それよりいつも考えていることは勤務先の学校のことばかりでした。吉夫のことを信じ切っていて、夫婦関係のことなど気に留める余裕もないほど仕事に没頭していました。今から考えると、とても尋常ではないのですが。

古い家を売って（バブルの真っ最中だったのですぐに買い手がつき、結構いい値段で売れたのです）新しい二人の家を勤務先に近い所に建てました。家を売ったお金は土地代になり、新居はローンを組みました。美登里は家が勤務先に近くなったのでとても楽になったのです。

相変わらず吉夫は、夜中の一時二時頃に帰ってきます。美登里は病院の事務長という職務が忙しいのだろうと思っていました。全く疑っていなかったのです。それどころか、「今度結婚する時もまた吉夫とする」と言っていました。

このような生活は四年くらいになっていたでしょうか、ある日、なんとなく吉夫のカバンを開けて見たら、洗濯しなければいけない下着が入っているではありませんか。その時初めて美登里は、おかしいなあと思ったのです。

彼女は変だと思ったらすぐ行動をする性格なので、直ちに探偵社に連絡し、調べてもらうことにしました。その結果、夫は、やはり不倫をしていたのです。

不倫調査に結局百十万円かかりました。その時は仕方ないなあと思ったのですが、その後早々にそのお金が必要だ、ということが起きたのです。

吉夫に証拠の写真を見せると、彼はすぐ手をついて謝りました。絶対に相手と別れると言うのですが、その時の美登里はもう何も信じられなくなっていたのです。今まで信じ切っていた人に裏切られたという心の痛みは消えませんでした。

美登里は吉夫のことが信じられないので、その不倫相手に会おうと思い、病院に電話をしたのです。不倫相手は夫の職場である病院の栄養士で、畑中里子といいました。

里子は実家が遠いので一人暮らしをしていました。そこに吉夫は毎日通っていたのです。時々、美登里は無言電話を受けることがありました。おそらく里子が、吉夫が来ないので心配してかけてきたのでしょう。美登里は美登里で、そんな電話を受けながら女性の影を感じなかった自分も馬鹿だったなあと反省しました。

美登里はなぜか吉夫が不倫をしたことに対して、いわゆる髪の毛が逆立つほどの腹立ちは感じませんでした。言い換えればすごく冷静だったのです。

美登里が畑中里子に会った第一印象は、色白でとても綺麗な子だなあということでした。次に思ったことは、自分たちより二十歳くらい若いのかなあということでした。

里子に、どうしてこんな関係になったかと聞いてもはっきり答えないし、別れても今の病院に勤めるのかと聞いてもはっきりしません。でもこのまま関係を続けるのかと聞いた時だけは、はっきり否定をしたのです。美登里はいろいろ話をしたのですが、腹が立つというより里子が可哀想になりました。自分の考えを持たずに、流れに身を任せて生きている彼女が本当に哀れに思えました。自分が教えている高校生の方がよほど自立していると思ったのです。この子はなんて愚かなのだろうかと思い、話し合いの終わりの頃は子供を諭す親のような変な話になってしまいました。あきれてしまったのです。それと同時に、こんな女と何年も関係を続けた吉夫が愚かに思えました。里子には、今後、夫とは別れるという約束をさせ、話し合いは終わりました。

それでもまだ二人のことが信じられない美登里は、今度は不倫相手の両親に電話をしたのです。「自分は娘さんが不倫をした上司の妻だけど、娘さんを早く連れて帰らないと大変なことになるかもしれません」と伝えました。相手の親はただ謝るばかりでした。

しかし、後で調べたら里子は依然として夫と同じ病院にいるではありませんか。親もしっかりしていない親なのだなあ、とあきれたのです。


この不倫騒動がひとまず美登里の心の中で落ち着き、また頑張ろうと思った時でした。吉夫が、「バブルがはじけて、株で借金を作ってしまい、それを返さなければいけない」と打ち明けたのです。借金の額を聞いてみると、すぐ返せるような金額ではありませんでした。「ローンのカードは、トランプゲームができるくらいあり、株は、信用取引をしているのですぐお金を入れなければいけない」ということでした。

美登里にまたまた難題が降りかかったのです。大吾は大学三年生で、まだまだお金が必要です。どうやってお金の工面をしようかと、とても悩みました。不倫調査で費用がかかったこともあり、かなり苦しかったのですが自己資金はまだ残っていました。

美登里夫婦は、自分の給料は自分で管理していました。吉夫は家のローンを払い、美登里は家計費を受け持っていたのです。給料が多くなっても、美登里は無駄なお金は使わず、生活のレベルも結婚した当時とあまり変えませんでした。それで美登里は、少しまとまったお金を持っていました
まず、大量のカードのローンをなんとかしなければいけません。そこで自己資金からカードローンを一つずつ払っていきました。

それが一応終わったところで、次は銀行の借金です。もう自己資金だけでは到底追いつきません。まず勤務先で退職金を担保にしてお金を借り、足りない分を美登里の

両親から借りたのです。こうやって美登里は少しずつ借金の清算をしていきました。

大吾はよくできた子で、自分の使う小遣いはアルバイトで稼いでいました。

美登里はこれでうまくいくと胸を撫でおろしていたのですが、そんなに物事は順調に進むわけはありません。


美登里が学校に行っていると、電話がかかってきました。大吾からです。「お父さんがおかしいので早く帰って来てくれ」ということだったので美登里は急いで帰宅しました。帰ってみると吉夫はタコのようにくにゃくにゃで、話す言葉もはっきりしません。すぐかかりつけの医師に連絡をしてその医師の指示により、近くの脳外科に行ったのです。

その医師に「脳梗塞なので、できるだけ早く大病院に行かなければいけない」と言われ、総合病院を紹介されました。

そこではすぐＣＴ撮影を受けて即入院ということになりました。病名は「右小脳梗塞」です。美登里は夢の中の出来事か、テレビの中の出来事かと思い、事態がしっかり呑み込めませんでした。すぐ家に帰れると思っていたのですが、「今夜が大変なので付いていてください」と医師から言われ、やっと事態の認識ができたのです。

入院用具一式を大吾に頼んで持って来てもらいました。美登里は事情を教頭に連絡して、明日は休ませてほしいと伝えました。昼過ぎに入院したのですが、夕方には吉夫はうわごとで「サンドウィッチが食べたい」と言っていたので良くなるのではないかと思っていました。でも実際は大変な状況で、「小脳が腫れたら脳幹を圧迫して生命も危険になる」と医師から言われて、美登里にはとても緊張した夜になったのです。

次の日になると吉夫の状態は少し落ち着きました。美登里は医師の了解を得て家に帰り、家事をしてまた病院に行ったのです。その日は面会時間ぎりぎりまでいました。

翌日、学校で教頭と話し、授業のブランクの時は抜けさせてほしいとお願いをしておきました。美登里は今まで真面目に勤務してきたので、教頭は快く認めてくれたのです。

こうやって美登里の肩には借金、吉夫の病気と一気に大変なことが降りかかってきました。吉夫、美登里共に四十九歳でした。

そして、吉夫は自分の犯したことの後始末をすることもなく、というよりできなくて、病院にいたのです。それから四カ月の後、退院してきました。彼の脳梗塞は小脳なので一見しただけではわからないのですが、立ったり座ったりする時にバランスを崩しやすい、走れない、右手が震えて使えないなどの症状があります。結局「体幹障害五級」の障害者手帳を持つことになりました。吉夫は、後遺症があり勤務に耐えられないので、この時点で病院をやめました。

美登里がこの大変な時期を乗り越えられたのは大吾の協力があったからです。大吾は美登里のいない間、自分の食事、犬の世話など、しっかりやっていました。それから美登里の教え子（学校にクラブ活動を見に来ている卒業生）の支えも忘れられません。美登里が弱音を吐いた時、いつも元気付けて、支えてくれたのです。美登里は人間関係の大切さを、ここでしっかり学びました。

その後数年は支払いも軌道に乗り、穏やかな生活をしていました。穏やかと言っても、学校では、美登里は生徒部主任という重責を担わされていたり、指導している新体操部が所属する体操協会の県代表になり、最低、年に一回は東京で行われる総会に出席しなければいけなかったり、それなりにしんどい毎日でした。ですが、美登里は根っからの働き人間なのでしょう、あまりしんどいなどとは思わなかったのです。こんな時でも働くことがとても楽しかったのです。

脳梗塞後、五年くらいして、吉夫はせき込み始めました。初めのうちはアレルギーだろうと思っていたのですが、あまりにもひどいので病院に行き、診てもらいました。けれど、その病院ではよくわからないと言われ、肺専門の病院に行ったのです。そこでは肺の先の一番小さい所が炎症を起こしているということでした。入院はしなくてよく、定期的な検診と飲み薬だけでした。ひとまず美登里は胸を撫でおろしました。この頃になると、吉夫の存在は家の番人というところだったのですが、むしろ家を空けることの多い美登里にとっては、ありがたい存在になっていたのです。

吉夫の細気管支炎が治ってしばらくすると、今度は彼の様子が変になったのです。「家を誰かに見張られている」「警察が自分を迎えに来る」など変なことを言うようになりました。けれども、初めのうちは、大吾も美登里も大笑いし、取り合いませんでした。

そんな日々が続いたある日のことです。美登里が遅く帰った夜、家に電気がついていないのです。鍵は開いているのにおかしいなあと思いながら家の中に入ると、吉夫が明かりやテレビなどをつけずに真っ暗な部屋の中で座っているではありませんか。どうしたのかと聞くと、「自分は警察に連れて行かれる」と言うのです。美登里が「そんなことはないよ、父さんは何も悪いことをしていないので警察など来ないよ」と言ってもなかなか納得をしないので、そのままにしてご飯を食べさせ寝かせました。

「ちょっと起きて外を見てくれ」

早朝、美登里は吉夫に起こされました。ちょうど四時頃でした。美登里は眠たかったのですが、吉夫の様子があまりにも変なので、起きて外を見ました。何も変わりはありません。「父さん、何もないのにどうしたん」と聞くと、「わしは悪いことをしたので警察に連れて行かれる」と言い張るのです。あまりにも繰り返すので、美登里はまだ薄暗い中、一緒に外に出て「誰もいないでしょ」と言って見せるのですが、「あそこの電信柱の後ろに隠れている」「電信柱の上に登っている」などと言って言うことを聞きません。らちがあかないので美登里は「明日よく見てみましょう。今はもう少し寝ましょう」と言い聞かせて寝かせました。

その日の朝、知り合いの神経内科に連れて行ったのですが、よくわからないと言われ、とりあえず精神安定剤と睡眠薬をもらって帰りました。美登里はそれから学校に行ったのです。

帰ってみると吉夫は包丁を握りしめているではありませんか。見ると手首に少し傷があったのです。朝、受診した医師に電話をすると、入院が必要だと言われ、対応できる病院を探してもらったのですが、運悪くアルコール中毒、ドラッグ中毒などの人を診るのが専門の病院しかベッドが空いていないということだったので、仕方なくその病院に行くことにしたのです。

その病院で、とりあえず吉夫を安定剤で眠らせてもらって、美登里は帰宅しました。

翌日、病院に行くと、主治医は「うつ病ですね。症状は人さまざまです。何か罪悪感があるのでしょう。もう少ししたら落ち着いて一般病棟に移れます」と言いました。それを聞いて美登里は安心しました。

次の日曜日に大吾と一緒に面会に行きました。少し落ち着いたように見えたのですが、まだまだ変な感じでした。

その次の日曜日に二人で行った時、吉夫はいつもの所にいませんでした。看護師が出て来て「薬が合わなかったので飲ませなかったのです。そのせいなのかわからないのですが、女性の部屋に入って行ったので部屋を移しました。案内します」と言われました。その看護師に付いて行くと、どんどん階段を下りて薄暗い地下のような所に連れて行かれました。

鉄の扉があり、その前に看護師の部屋と面接室があるのです。そこで吉夫と少し話したのですが、美登里は何を話したか覚えていません。薄暗くて殺風景で、テレビで見るような監獄より怖いと思ったのです。美登里はそこの階段を上がる時ふらついてうまく上がれませんでした。地上に出ると、そこの病棟の窓が地面ギリギリにありました。美登里は今入った部屋はやはり地下室だったのだと思いました。

ふらふら病院の中を歩いていると、院長先生にばったり会いました。この先生とは仕事でよく知っている仲だったので、今までの経過を説明すると、「あそこはいけない、すぐに部屋を変えます」と言われたのでほっとしました。美登里は大吾と一緒に来て良かったと思い、大吾に感謝しました。一人だったらきっとしばらく歩けなかっただろうと思ったのです。

個室に移された吉夫は落ち着いて生活していました。こんな入退院が二回あったのです。

それからしばらくして、美登里は道で卒業生にばったり会いました。彼女に吉夫の入院について話したら、彼女も「うつ」があり医者にかかっているということでした。卒業生は「うつ病の専門医に診てもらった方がいい」と言い、彼女の通っている病院を紹介してくれたのです。美登里はすぐに転院させることにしました。

その病院に移って吉夫はみるみる良くなっていったので、美登里は医師も専門の医師を選ばないといけないと学んだのです。

また穏やかな生活がやって来ました。

大吾は結婚し、独立して生活するようになりました。子供も二人できて、安定して生活していたのです。

美登里は相変わらず仕事に精力を注いでいました。

ある日、大吾がやって来て、美登里にそっと「父さんは認知症が入ってきているかもしれないから一度専門医に受診した方がいいよ」と言ったのです。大吾はケアマネージャーの資格を取っており、その仕事に就いてたくさんの人を見ているので、見る目が鋭かったのでしょう。いつも一緒に生活している美登里は、吉夫の変化に気付かなかったのです。ただ同じことをずっと言い張って、困ることが何回かありました。最近では、美登里にはできないパソコンの操作を「母さんはできるから、してくれ」と何度も無理強いされ、美登里は追い詰められて、心が爆発したことが数回あったのです。

美登里はすぐ、吉夫を近くの認知外来に連れて行きました。

簡単なテストをしたのですが、見ていると吉夫はすぐできるようなことができず、またいろいろなことが覚えられませんでした。

それを見ていた美登里は、やっぱり大吾の言う通り吉夫は認知症だということを確信したのです。

診察した医師も、吉夫にはっきりと「あなたは認知症です」と告げていました。吉夫は「認知症ではありません」と言ったのですが、それでも医師はきっぱりと「あなたは認知症です」と言いました。吉夫はしょんぼりしてちょっと可哀想でしたが、これが現実なので仕方ありません。吉夫の場合、血管性の認知症で進行がゆっくりしているので、わかりにくかったのでしょう。

物事のわからない吉夫とこれからも一緒に過ごす美登里は、彼のことを認めないとどうにもならないと考え、吉夫を小学生の息子だと思うことにしたのです。吉夫は美登里に頼り切って、彼女がいなければ何もできなくなっていました。けれども、美登里は自分の子供だと思うと腹も立たなくなっていったのです。

とはいえ、美登里は現実をきちんと受け止めたつもりでしたが、心の重荷は増えるばかりでした。心に負担がたまり、時々爆発するようになったのです。美登里自身なんとかしなければと思うのですが、自分で自分の心をコントロールできないのです。とても困った状態に美登里は追い込まれていました。

その頃、美登里は在職中でも習える社交ダンスを再び始めました。以前、就職した時に、社交ダンスの世界大会を見てすぐ習いに行き、一年くらい毎日のように習っていました。競技会にも出て、大阪に行って三位になったこともあったのです。でも当時の美登里は、男性に付いていくダンスの在り方に魅力を感じなくなり、やめました。

それから何十年も経ってまたダンスを始めたのです。この社交ダンスは研修日の時に行くことができました。とても楽しく、ダンスを習っている時には心の重荷がなくなり爽快な気持ちになりました。美登里が社交ダンスを選んだ理由は、昔習ったことがあるのと、歩くことを基本にしているからです。年を取ってもできると思いました。そしてその理由はとても正しかったのです。何歳になってもその年齢にあったダンスをすればいいのです。

こうやって定年前に好きなことが見つかったのです。


美登里の教員生活は終わりを迎えようとしていました。その最後の一年は自分がしてきたことを一つずつおしまいにしていきました。特に心配だったのは心を込めて、いや、自分の一部分として指導してきたクラブ活動のことでしたが、これはコーチだった卒業生が、後を受け持ってくれたのです。これで安心して退職していけます。

また、美登里は三十八年勤務した学校にとても感謝していたのです。

勤め始めた当時は、ちょっと街の中の学校で働いて楽しい日々を送ろう、という甘い気持ちでした。それが一年経ち、二年経ち、五年経ち、というように、勤めれば勤めるほど生徒は可愛くなり、学校が好きになり、クラブ活動にのめり込み、仕事が面白くなっていったのです。

そんな日々を振り返って、彼女は教えてもらった人、助けてもらった人、協力してもらった人など、多くの人に感謝して、学校勤務を終えたのです。


定年となって、まずは、在職中やりたかった習いごとを全部始めました。日曜日と月曜日は社交ダンス、火曜日は昼英会話、夜お茶、水曜日は太極拳、木曜日は布草履作り、金曜日はカラオケ、土曜日は着付けというように家にいることはなかったのです。この習いごとは結構長く続きました。

しかし英会話、カラオケは先生が亡くなり、着付け、布草履作りは、旅行で休みそのまま行かなくなったのです（着物は一人で着られるようになっていました）。太極拳もダンスで肩を痛めたため、続けられなくなりました。

こうして、いろいろな習いごともだんだん集約されていきました。

お茶は、在職中からの仲間と一緒でしたし、先生も元同僚だったのでリラックスできて楽しかったので続けました。英会話はラジオの語学学習がパソコンでリアルタイムにできることを発見し、それで続けることができたのです。美登里は、最近はとても便利になったなあと、感動しました。

そして、最後には社交ダンス、お茶、英会話の三本立てになったのです。このようにして本当に好きなものだけが残っていくのでしょう。

残ったものの中で美登里にとって一番大切なものは社交ダンスでした。

美登里は在職中、五十五歳でダンスを再開したのです。

美登里は、ダンスの競技会に出たくてリーダーを求めていましたが、なかなか見つからず、悶々とした日々を過ごしていました。彼女の頭の中はダンスのスキルを上げたい気持ちでいっぱいでした。絶えず評価してもらわなければ、自分が上達したかどうかわからないので、競技会に出ることを望んでいたのです。実行力があり、努力家で、向上心の塊のような彼女は、もしも自分から向上心が無くなったら死んでもいいとさえ考えていたのです。

リーダーが見つからない間も、美登里は、毎日ダンス練習をし、週二回個人レッスンを受け、練習会のある時は必ず参加し、出席できるパーティーには、欠かさず出席していました。

美登里には在職中から望んでいたことがもう一つありました。それは世界一周のクルーズに吉夫を連れて出かけることでした。そして、クルーズを実現させた美登里はその船上で、ダンスの好きな男性と運命的な出会いをしたのです。

船上では、初心者ダンススクールが開かれました。最初の参加者は身動きができないくらいの大人数でしたが徐々に減少し、一週間もすると半分くらいになりました。美登里は何か得るものがあるだろうと思って、毎日参加していたのです。そこに背の高い目の大きな男性がいました。ビギナーだけど足腰が柔らかく、ぎこちないダンスなのだけれど、どことなく魅力ある踊り方をする人でした。それが美登里の頭の中になんとなく残ったのです。

美登里は朝早く起きて、甲板から海を見るのが好きでした。その日も朝早く起きて海を見ようと移動している時に、その男性と出会ったのです。「おはようございます。何をされるのですか」と声をかけたら、「これからダンスの練習をします」と言うではありませんか。美登里は「ご一緒させていただけませんでしょうか」とお願いして、それから毎日早朝練習を始めました。

彼の名前は橋田孝志と言いました。身長は百八十三センチありました。姿勢もよく、目は大きく強い光を放ち、鼻は高く筋も通っており、耳は布袋さんのように大きく、口も大きく、どことなく野性的な雰囲気を持ちながら神秘的で謎めいた雰囲気を持っていました。彼の体形は痩せ気味でした。孝志はいつも穏やかで顔の表情もあまり変わりません。言い換えれば何を考えているのか分からない感じでした。

孝志を得て、ダンスをたくさん踊りたかった美登里は、朝から夜までダンスを踊るようになったのです。

孝志も結構、楽しかったのでしょう、練習場が開いている時、美登里が連絡するとすぐに出て来て練習をしていました。このようにして、二人ともダンスにのめり込んでいきました。

吉夫は小脳の脳梗塞をしているために、バランスを取りにくく長く歩けないのであまり街に出ませんでした。そこで、リオでは孝志にボディーガードを頼み、ウシュアイアでは一緒に土地の海産物を食べ、バルパライソでは二人で街を歩き、パペーテではおみやげのＴシャツを買う時に孝志のＴシャツも買いました。

特に美登里の心を動かしたのは、孝志が寄港地で買ってきた果物を、早朝練習の時に、皮をむいて美登里に食べさせてくれたことです。美登里は今まで、男性からそのようなことをしてもらった経験など全くなかったのです。このことは美登里の心を揺さぶり、感動させました。しかも孝志はとても要領よく、果汁がしたたり落ちないように気を付けて皮をむいてくれたのです。その美味しかったこと。この経験はいつまでも美登里の心をとらえました。

吉夫には、孝志のことを「ダンスパートナーだ」と紹介しました。吉夫は認知症なのに、孝志に対してはとても変な感じで接したのです。吉夫は長い間夫としてのことを何もしていないのに、嫉妬心があるのかなあと、美登里はとても不思議でした。

孝志はだんだん美登里の心の奥深くに入っていき、美登里にとって、とても大切な存在になっていきました。

ダンスパーティーの時は、女性はみんな綺麗にお化粧をして、髪の毛はアップにします。胸にはストーンのたくさん付いたネックレスをして、イヤリングも普通ではしないような大きな石のものを付け、ひらひらしてストーンが付いてキラキラした服を着て、踊ります。

美登里も誰にも負けないような恰好をして踊るのです。

クルーズでダンスパーティーがある時は、いつも孝志と美登里は一緒に踊りました。その時は、まだまだ美登里のダンスの方が上だったのです。もっとも孝志はダンスを始めたばかりだったので仕方がなかったのですが。

こうやってクルーズはとても楽しいものになったのです。美登里は、思い切ってクルーズに参加してよかったなあと、改めて思いました。

しかしその楽しいクルーズも終わりに近づいてきました。始めがあれば終わりがあるのです。必ず終わりはやってきます。

「日本に帰ってもダンスを一緒にしませんか」と美登里は思い切って聞いてみました。

孝志の家の事情など全く知らないし、ダメだと言われるのを覚悟していたのですが、孝志は「そうだね、それもいいかもしれないね」と答えました。

美登里は嬉しくて孝志の連絡場所を聞きました。彼は沖縄に住んでいました。美登里が「今いる所から出て来られるの」と聞いたら、「僕は風来坊なので、どこでも行けるよ」と孝志は答えました。美登里は、彼が独り者と知り、とても嬉しかったのです。あまりにも嬉しくて、その夜はなかなか寝付けませんでした。

こうして下船の日はやってきました。クルーズではさまざまな所に行き、さまざまなことに挑戦し、さまざまな人に出会うことができ、美登里はクルーズ生活を謳歌しました。

お世話になった人にはお礼を言い、親しくなった人には再会を約束し、特に孝志には何回も再会を約束し、名残を惜しんで下船したのでした。

日本に帰り、美登里はより一層ダンス練習に励みました。帰ったのは三月で、五月には孝志が美登里の住んでいる街にやってきました。次に住む家を見に来たのです。ある程度見て、気に入った家を予約して帰って行きました。美登里は、孝志には別の目的もあったのではないかと後で気が付きました。美登里は〝男性の気持ち〟など全くわからないのです。でもわからなくてよかったと後で思ったのです。

五月末に、クルーズでのダンスの同窓会が大阪の近くの温泉で行われるという連絡が入りました。

そこに、孝志から「一日早く行かないか」という誘いを受けたのです。美登里はとても迷いました。美登里は船で練習している時に、孝志から一回だけ接吻をされかけたことがあります。その時はびっくりして拒否しました。彼女の性体験は三十歳半ばで終わっているのです。どうしようか、どうしようかと自分の中で問答をしました。美登里は性行為に魅力を感じていたのか、いなかったのか、経験が浅いのでよくわからないというのが当たっていたのです。

しかし、美登里は今の自分を変えるために思い切って孝志の誘いに乗ってみようと思いました。美登里は一日早く、孝志の取ってくれたホテルに向かったのです。新幹線の中では、次に起こることを考えて、びくびくしていました。このままどこか知らない所に行こうか、引き返そうか、といろいろ心は乱れていたのです。そんなことを考えている間に新幹線は目的地に着きました。

駅に孝志が迎えに来ており、美登里は孝志の顔を見たら泣き出しそうになりました。でも、なぜ涙が出そうになったのか、なぜこんなに感情が高ぶっているのかわからなかったのです。

これから起こるであろうことを想像するだけで、何も知らなかった処女の時と同じような感覚になったのかもしれません。何十年も経験してないことを体験するのですから、美登里にとっては人生のやり直しなのです。今まで忘れていたことを思い出すのですから。

孝志は、美登里のボストンバッグを持ってホテルに行きました。美登里はまた孝志の優しさに感謝したのです。自分のバッグを持ってもらうことなど、今まで経験したことがなかったのです。

以前クルーズに出た時も、美登里は大きなボストンバッグを持って、大きなリュックを背負い、吉夫には小さな軽バッグを背負わせていたのです。大荷物でふらふらしながら吉夫の手を引いて歩く美登里の姿は、とても奇妙だったことでしょう。でも当時の美登里は、変だと思うこともできないくらい疲れていたのです。

だから孝志にボストンバッグを持ってもらって、美登里は言葉では言い表せないくらい嬉しくて、涙が出てきたのです。孝志にわからないように、孝志の後ろを歩きながらそっと涙をふきました。

その時美登里の心の中に、孝志のためなら何をしてもよいという思いがふつふつと沸き上がってきました。美登里はほんの少しの気遣いに飢えていたのでしょう。

以前、美登里が孝志の家族について聞いた時、「姉と妹がいる」とだけ答えました。それ以上は何も話そうとはしないので、美登里は家族と折り合いが悪いのだろうかなど、いろいろ考えましたが、答えは出ませんでした。ただ、その話をする孝志の表情はとても暗く沈んでいたので、彼は何か重大なものを心に抱えていると思ったので、それ以上聞きませんでした。

このように孝志は自分の中に問題を抱えていました。その分、人に対する思いやりがあり、とても優しいのです。そんなところに美登里は心を奪われていったのです。ホテルでは美登里が先にバスルームを使い、その後孝志が使いました。孝志が優しく美登里をリードして、かなりの時間をかけて行為は終わりました。

実際には、美登里は楽しいどころか何十年も男性経験がないまま年を取ってきたので、それはとても痛かったのです。でも我慢をして、孝志のなすが儘にしていたのです。心の中では早く終わればいいのにとばかり思っていました。ひたすら、孝志が楽しければいいとだけ考えて痛みをこらえていたのです。行為が終わって美登里の考えたことは、孝志が満足したのかなあということだけです。孝志の様子を盗み見すると、結構気持ちよさそうに寝ているので満足したのだろうと思い、一応胸をなでおろしました。

次の日の朝も孝志は美登里を抱いたので、美登里は痛いのを我慢しながら、何十年も男性経験のないまま年を取ってもなんとかなるのだなあと思いました。そして、きっと孝志と自分の考えていることはかなり違うのだろうと思い、少し面白かったのです。

朝食を食べて、みんなと合流して目的の温泉に行きました。そこではダンスの先生に孝志とのダンスを見てもらい、楽しいひと時を過ごしました。

この旅行は、美登里にとって人生がひっくり返るくらいの一大事だったのです。忘れられない人生の素晴らしい一ページとして美登里の心の中に残りました。

美登里は二回目の青春が来たことを実感しました。何歳になっても青春は胸がキュンとするものだと思ったのです。

孝志がダンスをするために引っ越してきました。早速先生を決めてダンスに打ち込むことにしたのです。

孝志がビギナーなので、毎日、ダンス練習をしました。昼食は、美登里は弁当を作っていったのですが、孝志はコンビニのおむすびを食べているではありませんか。美登里はこれではいけないと思い、次の日から孝志の弁当も作ることにしました。吉夫のランチ弁当を作っているのですから、一つ増えるくらいたいしたことではなかったのです。そうやって昼ご飯は車の中か、スポーツセンターで食べました。

日曜日だけはスポーツセンターがイベントで使えないので、孝志の部屋で過ごしました。その時、孝志はいつも美登里を求めたのです。美登里はこんな何年も眠っていた自分でも役に立つのだなあと思って少々驚いていたのです。まだまだ行為の時は痛いので、早く終わればいいのにと思う心と、その反面、もっと長く孝志に抱いていてもらいたいと思う心と相反する気持ちがあったのですが、後者の方を強く思っていたのです。その一回、一回の行為が孝志と自分との距離を縮め、心の中に深く、深く入っていくような気がしました。孝志に抱かれている時、美登里は二回目の青春だと再び確信しました。

孝志は真面目で、やり始めたらとことんする性格らしく、美登里との練習が終わった後もまた近くの練習場で夜遅くまで練習していました。その後家に帰り、夕食をすませてシャワーを浴び、床に就いていたのです。

ある日、孝志は身体に異変を感じ、近くの病院で健康診断を受けたのです。そして、さらに詳しく調べてもらうことになり、美登里と一緒に大病院に行きました。

その結果、腎臓にガンができていて、かなり大きくなっており、肺にも転移が見られるということでした。孝志も美登里もショックでお互い無言で家に帰ったのです。

それから数日、孝志は落ち込んでいました。

美登里は孝志を元気付けるためにとてもよくしゃべりました。もともとおしゃべりな美登里が、それよりもっとしゃべったらどうなるでしょう。今までの孝志なら「よくしゃべるねえ」と言って笑うのですが、孝志は黙って聞いているだけだったのです。

しかし練習はよくしました。少しも休みなく踊ったのです。さすがにこの時は美登里もおしゃべりなしで付いていきました。孝志は何かに取り憑かれたように練習したのです。

ガンは十一月に見つかったのですが、担当医師の手術の順番で、孝志の手術は一月初めになりました。一月になり、孝志は手術をしました。腎臓のガンは十センチほどにもなっていました。それから抗がん剤治療を始めたのですが、副作用が激しくて、一カ月くらいしてやめました。

その後、まだまだ体力が回復していない時に孝志と美登里は競技会に出たのです。孝志はダンスを本格的に始めて十カ月目でした。美登里は、短期間でステップを覚え、競技会に出るようになった孝志をすごいと思ったのです。彼の努力もあるけれど、能力も高いのだなあと感嘆しました。

レッスンを受ける先生をアマチュアではなく（初めは知人の紹介でアマチュアの人にお願いしていたのです）プロの先生に変えました。レッスン料は高いのですが、やはり本物はすごいです。素晴らしい指導力です。先生に恵まれ、孝志はめきめき実力を付けていきました。孝志は自分の残された命は後四年から五年くらいだろうと知っていたので、ますます身を入れて狂ったように練習をするようになったのです。
美登里もそのことを漠然とわかっていたのでしっかり付いていこうと頑張りましたが、いつも孝志の気迫に負けてちょっと休ませてくれと言っては休んでいました。その間、孝志はシャドー（一人で踊ること）をしていたのです。

美登里は、これまでの生活の場面では、いろいろ決断しなければいけないことを自分一人で判断していました。それはとても神経を使うことで、しんどいことでした。でも最近では、孝志に相談して決めるようになったので、美登里の心はとても楽になっていきました。しかも孝志に相談すると、とても良い答えを返してくれるのです。こうやって孝志は美登里にとって、なくてはならない大切な人になっていきました。どんどん孝志と美登里の距離は近くなり、美登里は孝志無くしては生きていけないくらいになっていたのです。

そして、手術をしたその年の十一月の競技会では、一番下の級でしたが四位に入賞したのです。先生も驚いたのですが、一番驚いたのは孝志でした。孝志は自分には命があまり残されていないと思っているので、もっともっと頑張らないといけないと心に決めて頑張っていました。ですからその分喜びは、倍にも三倍にもなって返ってきたのです。

美登里はこのようにダンス練習にしっかり励んでいたのですが、その間も吉夫の面倒を見ることをおろそかにはしていませんでした。毎朝三人分の弁当と孝志の夕食も作り、十一時に家を出て夕方四時には帰っていたのです。これはよほどのアクシデントのない限り毎日の行動でした。ただし水曜日の午後だけは、吉夫のための時間にし、カラオケ喫茶に連れて行っていたのです。そのため水曜日のダンス練習は朝にしました。その分弁当を早く作らないといけないので美登里の仕事は大変でした。

それでも美登里は手抜きをすることなく、すべて手作りのものにしていたのです。吉夫と孝志、それぞれが病気を抱えているので、それ相当のものを作らなければいけなかったのです。

孝志の体調は戻り、より一層ダンスに取り組みました。彼のダンスはめきめき良くなり、最終予選に出場できるようになったのです。あと一歩あと一歩と彼は練習をしました。

十一時に孝志と会い、練習ができる場所で食事をし、しばらく休んで、練習をしました。

主にスポーツセンターで練習をしていました。いつも使うスポーツセンターが使えない時は、一時間もかけて別のスポーツセンターに移動したり、バドミントンや、ソフトバレーボール、ある時は剣道をしている横で練習しました。とにかくできる所ならどんなに遠くでも行き、どんな場所でも練習したのです。そして休みながらでしたが大体三時間くらい練習して帰っていました。

孝志がビギナーであり、また今後何年競技ができるかわからないという追い詰められた気持ちを抱え、何かに追われるように練習していたのです。

美登里自身も、人生の中で一番しっかり生きている時間のような気がしていました。その成果が出て、手術をした翌年の終わりにはタンゴで優勝して一ランク上がったのです。猛練習の結果が出ました。孝志も美登里もやればできるのだということを実感しました。しかも、二人で協力して出した結果なので、それは、それは、とても嬉しかったのです。

この時の美登里のドレスは少し濃いめのブルーで、透明、オーロラ、ブルー、ピンクなどのストーンが胸からお尻までびっちりついた、とても豪華なドレスでした。ターンをすると、ライトを浴びてドレスが踊るのです。きれいな衣装でいい成績が取れたので、美登里はとても満足しました。

この年はダンスの練習に明け、ダンスの練習に暮れた一年でした。

二〇一九年は正月が明けるとすぐ、美登里、吉夫、孝志はクルーズに出ました。船の中ではダンス練習が何時間もできるので、孝志にとっても美登里にとっても都合がよかったのです。

今度はオセアニアを回りました。美登里と吉夫は二人部屋、孝志は四人部屋に入りました。

この船に乗って間もなく、美登里はインフルエンザにかかりました。予防注射を打ってきたのですが、かかったのはA型だったので、たぶんB型の予防注射を受けたのでしょう。吉夫と一緒に隔離されたのですが、吉夫にはうつりませんでした。でも、バリ島の観光に出られなかったのです。

孝志は美登里がいないので、同じダンス仲間の由貴ちゃんと観光したようです。美登里が元気になってダンスレッスンに参加してみると、由貴ちゃんが孝志と組もうと接近しているではありませんか。美登里は素早く孝志の所に行って一緒に組みました。

孝志は優しいので女性にとても人気があったのです。その分、美登里は心配が絶えません。

しかし嫉妬をするというのも初めてのことで、美登里はとても自分自身が面白かったのです。美登里は自分が一生懸命になっていることには集中するので、孝志は彼女のことが結構うるさかったのかもしれません。

そうしている間にオーストラリアのパースに着きました。オーストラリアなので暖かいと美登里は思っていたのですが、とても寒かったのです。彼女の持ってきた夏の服はほとんど着られませんでした。服を買いに行くのに孝志に付いて来てもらいました。孝志は寒流が流れているので寒いのだと言っていました。

すると吉夫が難題を言ったのです。「『寅さん』のＤＶＤが壊れたので買ってきてほしい」と言い出したのです。「オーストラリアなので売っていない」と何度言っても彼は認めることはなく、いつもの通りに言い張るのです。

美登里が仕方なく孝志に相談すると、孝志は「次のアデレードで探してみよう」と言ってくれました。彼女は困り切っていたので、孝志がとても頼もしく思えたのです。

アデレードはそんなに大きな町ではありませんでしたが、ＤＶＤ、ＣＤ、ゲームなどを置いている店があったので、そこで孝志に聞いてもらいました。店員は次のメルボルンにはあるかもしれないと言ってくれたのです。孝志は英会話ができるので、とても頼りがいがあります。ここでまた美登里はそんな頼りがいのある孝志をますます好きになったのです。

美登里と孝志は以前のクルーズの時と同じように、早朝ダンス練習をして、コーヒーを飲み、そこで別れるという生活をしました。少し違ったのは、寄港地に着くといつも吉夫の買い物があったことです。

次のメルボルンでも吉夫の欲しがった『寅さん』のＤＶＤはやっぱりありませんでした。仕方なく『宮本武蔵』と『東京物語』を買いました。これは今でも吉夫は時々家で見ているので良かったのですが、その時はとても残念がって文句を言ったのです。

吉夫は次にパソコンが壊れたので何か買って来てくれと言い出しました。美登里たちは次のシドニーではタクシーに乗り、街に行ったのです。道行く人に孝志は、電気ストアー（ショッピングモールのような所）はどこにあるのかと聞き、そこを目指しました。

途中におしゃれなカフェテラスがあったので、美登里はそこでランチを食べたいと思いました。孝志と一緒に外国のしゃれた店で、一度でもいいからしゃれた物を食べたいと常に思っていたのです。

美登里はオープンサンドを選び、カフェオレを注文しました。オープンサンドの具はスモークサーモンと野菜、その上に何かとても風味の良いソースをかけてありました。カフェオレには、可愛いうさぎの絵が描かれていたのですが、これもとてもクリーミーで美味しかったのです。

美登里は孝志が何を食べたかあまり覚えていません。あまりにも楽しくて、思考力が低下していたのでしょう。

外国の街の中のしゃれたカフェテラスで、大好きな人と一緒にいるだけで絵になるような感じがして、しかもおいしい食べ物があるのですから、これは人生の頂点です。そんなことを思って、美登里はうっとりしていたのでしょう。このカフェテラスでのことは美登里の人生の楽しい一ページに追加されるだろうと彼女は確信したのです。

次にショッピングモールに行きました。電化製品を扱っている所はすぐ見つかりました。そこで、孝志は流暢な英語で交渉して、ＤＶＤプレーヤーを一万円で買うことができたのです。

それを持って帰ると、吉夫は喜んで孝志に丁寧にお礼を言っていました。

こうやって美登里と孝志は買い物で右往左往しました。でもそのおかげで街をしっかり歩くことができたので、美登里の心はとてもハイテンションになったのです。

吉夫は車いすがないと街には出て行けないので、美登里はシドニーでは早朝から吉夫をタクシーに乗せて街を見て回りました。しかし、彼は何を見せても感動しません。美登里は、吉夫にとって、こんなことでいいのか疑問に感じたのです。もう少し見たいものを聞いて、連れて行かないといけないと反省しました。

次の寄港地のリトルトンでは、吉夫を船に残して、孝志と一緒に、街を徒歩で見て回りました。すごく小さい街なので、あっちでもこっちでも知った顔に会うのでとても面白かったのです。同じ船に乗った人がぞろぞろ歩いていました。

クルーズ最後の寄港地ラバウルでも孝志と一緒に街を歩き、最後に船が停泊している近くで開かれている大きな市場に行きました。そこには地元で採れる果物、野菜、魚介類などたくさん並べてあったのです。孝志は魚介類を見るのが大好きなので、じっくり眺めていました。

美登里は彼をそこに残して、ほかに置いてあるさまざまな物が珍しく、見て回っていました。その時、欲しかったカカオオイルがペットボトルに入って一ドルで売られていたのです。美登里はカカオオイルが大好きで湯上がりに使っていたので、二ダース買いました。そこに孝志がやって来て孝志は一ダース買いました。美登里はリュックに入れたのですが、重くて体中汗でべとべとでした。船に帰ってすぐシャワーを浴びて、吉夫と一緒に夕食に行ったのです。

美登里はこうやって孝志と一緒に何かするのがとても楽しかったのです。その楽しい気持ちがあると、吉夫の面倒を見るのも全く苦にならず、とても気分よくできました。吉夫が変なことを言っても笑って聞くことができます。そうすると吉夫の心も和らぐのです。

クルーズ最後の発表会で美登里と孝志は舞台でワルツを踊りました。孝志は短時間で、ダンスの振り付けを考えたのです。曲に合わせ、舞台のさまざまな場所を使って踊れるように。孝志は、使えるステップを使って振り付けました。あまりステップを知っていないのに、よく振り付けたなあと美登里は感嘆しました。舞台でのダンスはとても好評で、美登里はみんなに褒められとても嬉しかったのです。

こうやって楽しかった二度目のクルーズも終わりました。

美登里と孝志は、また毎日ダンス練習の日々を送っていました。この頃になると孝志のダンスはかなり上達していました。今までは美登里がリードをするようなダンスだったのですが、美登里は先生から「リードしてはいけません。付いていかないといけません」と、たびたび注意を受けるようになったのです。

孝志は競技会に出ると、いつも準決勝に残るようになりました。そこから上に上がるのには、もうひと皮がむけないといけないのです。孝志と美登里はよりいっそう頑張りました。

次の競技会に出場すると、タンゴで四位に入賞し、スローで六位に入賞したので、あと二回入賞すると一ランク上がるところまできました。

ランクが上がることを願って、徳島、高知、和歌山の競技会にも出場しました。しかしあと一歩というところで願いが叶わなかったのです。今年はダメだけど来年こそはと思って、次の年に期待することにしました。でも孝志と美登里にとって来年という言葉はなかなか厳しかったのです。

孝志の病巣は落ち着いており、主治医からは「この調子だと十年とは言えないけれど、まだだいぶ生きられるでしょう」と診断を受けて、美登里はとても嬉しかったのです。美登里は「このまま七十歳まで生きられたら祝賀会をしなければいけないね」

と言っていました。その時孝志は六十六歳でした。

孝志の体調はとても良好でした。風邪ひとつひかなかったのです。

二人でいろいろな場所に行って毎日練習をしました。美登里の生活はいつもと同じなので、それが日常になり、少しも疲れを感じなくなっていたのです。

それでも、疲れた時には孝志の部屋で休ませてもらっていました。そこで過ごすと身も心も休めて、身体中が解けるような感覚になり、心地よいのです。孝志がしっかり自分のことを受け止めてくれていることを感じて、子供にかえったような気になるのです。

美登里が目覚めると、いつも孝志は、美登里の顔を見ているのでした。美登里はその時は何も感じなかったのですが、後から彼は美登里の顔を見ながらさまざまなことを考えていたのだろうと思ったのです。

ひょっとしたら、その時、彼は死を予感し、自分の心の中に抱えてきた暗く重たいことを、語ろうと思っていたのかもしれません。美登里はそんな彼のことを知る由もなく、とてものんきに孝志に接していたのです。

三月に、今度は沖縄方面から南に行くクルーズの予約をしていたので、美登里は一月の終わり頃から準備を始めました。日焼け止めクリーム、水でも落ちない化粧品を買い、友人にシュノーケルスーツをもらうなど、とても精力的に動いていたのです。孝志は、美登里が「一度もシュノーケルをしたことがないから一緒にしてほしい」と頼むので、沖縄のよく知っている業者に予約を入れました。孝志は美登里とダンスを始める前は沖縄に住んでいたのです。

しかし、その頃から新型コロナウイルスが顔を出し、コロナ患者がいるクルーズ船が横浜に停泊したというニュースが、テレビや新聞などに連日取り上げられていました。

美登里は船が出るかどうか、とても心配になったのです。そして心配は的中しました。クルーズは延期になったのです。美登里は来年行けばいいのだと考えていたのですが、二人には来年はなかったのです。

さらにコロナで練習場所を失った二人は、高速道路を使って遠くまで練習に行くようになりました。そこで練習できる日は全て申し込み、ほぼ毎日行ったのです。

五月の終わり頃、孝志はいつも食べている弁当が食べられなくなりました。急に気持ちが悪いと言い出したのです。いつもは高速道路のパーキングで弁当を食べていたのですが、その日は、食べられないので帰りに食べると言って、練習場に行きました。帰りのパーキングでは、半分くらい食べました。

美登里は「主治医に診てもらった方がいいのではないの」と言ったのですが、孝志は、「コロナの検査をして来いと言われて大変だから、定期検診の時まで待つ」と言って、聞かないのです。インフルエンザが流行っている時に、調子が悪くて主治医に尋ねたら「インフルエンザの検査をして来い」と言われて面倒くさかったことを思ったのでしょう。

美登里は内心受診した方がいいと思っていたのですが、孝志はいつも一人で考えて行動したので、自分が何を言っても聞かないだろうと思ったのです。この受診の遅れが後にとても体調が悪くなる原因になったのですが、その時はわかりませんでした。

孝志は気持ちが悪いと言いながら毎日練習をしていました。食事も今までの半分くらいしか食べない日もあったのですが、それでも頑張って練習していたのです。

六月下旬の定期健診で今までの状態を話しました。すぐ脳外科に回され、診察を受けました。その結果、脳に二センチくらいの腫瘍があると言われたのです。それは脳にガンが転移したということで、言い換えれば今まで落ち着いていたガン細胞が動き出したということなのです。

しかし美登里は、現実をそのようにとらえることができませんでした。

その後ガンマナイフ治療のできる病院に移され、治療を受けました。治療を受けた後二日間くらいは、元気に家で過ごすことができたのですが、三日目にひどい副作用が出たのです。

そのため、再びその病院に入院したのです。美登里は孝志が入院している間、毎日病院に通いました。コロナで面会ができないはずなのに、なぜか美登里は病棟に入ることができたのです。これはとても不思議でした。嫌味を言う看護師がいても、美登里は笑顔で対応して苦情など一言も言いませんでした。お礼の気持ちも込めて看護師の詰め所には差し入れもしていたのです。孝志は美登里が来てくれるのを心待ちにして、苦しくても耐えました。

一カ月半くらいして、孝志は要介護3、三級の障害者手帳をもらって退院したのです。

美登里は手術の時を除き、どんな時も十一時に家を出て四時には家に帰り、吉夫の面倒をきちんと見ていました。この頃になると、美登里は吉夫に孝志の病気のことを、少しずつ話していたのです。吉夫は「可哀想にのう、よくめんどうを見てやれ」と言って目に涙をためていました。

孝志は少しふらつくので杖を突いて歩くようになりました。それからデイケアに週二回行くようになったのですが、その合間にレッスンも欠かさず週三回は行きました。午後に予定は入れていなかったので、毎日老人施設で美登里と一緒に練習していたのです。ほかの施設はコロナで使用できないのですが、なぜかこの施設は使用できました。孝志のアパートからとても近いので、都合がよかったのです。

新年を迎えても孝志は今まで通りに動けました。デイケアでするトレーニングの負荷が軽いと文句を言っていたので、力がついた証拠だと思い、美登里は喜んでいました。

淡々と練習していたのですが、ある日、レッスン中に孝志は転んだのです。その時はみんな滑ったのだろうと思っていたのです。老人施設で練習している時、孝志は足が痛いと言い出したので、主治医に連絡してすぐ受診しました。結局、大腿骨の付け根がガンにおかされているということでした。

その次の日に孝志は競技会に出ました。足を引きずりながら痛みに耐えて踊ったのです。孝志はこれが最後と思い、一生懸命に踊り、美登里も一生懸命に付いていったのです。五月九日、これが本当に最後のダンスになりました。

その後、孝志の病状は坂道を転げるように悪くなっていきました。美登里はいつも彼に寄り添っていました。吉夫もよく見てやれと協力してくれたのです。この頃は孝志の部屋で昼食を作って、温かい物を孝志に食べさせていました。昼食を食べたら孝志の大好きな海を見に連れて行ったり、ショッピングモールに行って昼ご飯を食べたり、いつも二人で出かけていたのです。

夕食は、美登里が四時に家に帰って作って吉夫に食べさせ、自分も食べ、急いで孝志の所に行って、また作って食べさせていたのです。

この頃、美登里も少し精神的におかしくなっていたのでしょう。一時停止を見落として警察に捕まることが月に三回もありました。

孝志の病状は日に日に悪くなり、とうとうホスピスに行くことを決断し、以前から予約していた病院に入りました。

入院する時は自分で車いすに乗り美登里の車で行き、病室に入っても自分で荷物を片付け、病院内も杖を突いて歩くことができました。

次の日は部屋の中を少し歩くことができ、夜のおやすみ電話でもきちんと話せました。しかし病状はだんだん悪くなり、六日もするとベッドから離れられなくなり、寝たままで、何もできなくなったのです。その日のおやすみ電話は、話のできる状態ではないので、美登里が一方的に話して終わったのです。

次の日に行ってみると目も開けられない状態になっていました。息をするのがやっと、という感じでした。肺に転移していた孝志のガンは気管支にも転移が起こり、右肺は使えなくなっていました。左側にわずかに開いた所があり、そこで呼吸をしていたのです。

美登里が行った時にちょうど昼ご飯が出ました。美登里が食べさせたのですが、おかずを全部食べたので「たかちゃんは、お肉が好きなんよね」と言うと孝志はこっくりとうなずいたのです。美登里はなぜかわからないのですが、涙が出ました。

そこに主治医がやって来て「昨夜二回もベッドから落ちました。たぶん身体がきついのでしょう。今日の夕方、薬をたくさん投与しようと思うのですが、いいですか」と言われたのです。美登里はその時何の感情もわかなくて、「はい」とだけ答えました。

その後、家に帰り、そのことを吉夫に告げると、吉夫は「可哀想にのお」と目に涙をためて言いました。

三時頃、病院から「今から投与しようと思います」と連絡がありました。その時すかさず「すぐ行ってやれ」と言う吉夫の声が聞こえ、美登里は「今からすぐ行きます」と答えたのです。

この時、あの吉夫の声が聞こえなかったら病院に行っていなかったと、美登里は思っています。電話がかかってきた時に何も考えることができなかったのです。

美登里はすぐ病院に行き、孝志に最期の別れができたのです。

深夜一時過ぎに「橋田さんが今、息をひきとられました」と電話がありました。

二〇二一年六月十五日、午前一時十六分でした。

美登里はすぐ服を着替え、吉夫に事の次第を告げ、病院に駆けつけました。

孝志の顔を見ると、孝志の目から涙が一筋出たのです。美登里はすぐに涙を拭いたのですが、その後変わったことはありませんでした。

美登里はなぜか何の感情もわかなかったのです。映画とかテレビとかでは、すがって泣いたり、わめいたりするのですが、美登里はただボーッとしていただけでした。あれだけ愛しかった孝志が亡くなったのに涙も出ない、悲しみも感じない、本当にどうなっていたのでしょうか。

美登里は葬儀社に連絡して、直葬にすることにしたのです。葬儀社が来るまで看護師と一緒に身体を拭き、モーニングを着せました。孝志と生前、〝その時〟には競技会の衣装であるモーニングを着せると約束していたのです。美登里は孝志の遺体を葬儀社に引き渡し、家に帰りました。

一日おいて次の日に、友人一人と美登里とで孝志を見送ったのです。

美登里はそれから孝志がいなくなったことを信じることができずにいました。毎日、吉夫には孝志の部屋の後片付けをすると言って、弁当を持って孝志の部屋に行き、少し片付けては寝ていたのです。

そのような生活が二週間ほど続いたある日、「橋田さんの姉妹が見つかりました」と市役所から電話がありました。市役所の人が、このままでは死亡届が出せないから身内を探すと言っていたので、美登里はもし身内がわかったら知らせてほしいと頼んでいたのです。

すぐに孝志の姉と連絡が取れました。美登里は孝志の遺骨を両親のもとに返せると思い、嬉しくて飛び上がって喜びました。孝志とは遺骨を海に散骨すると約束していたので、美登里は遺骨の半分は両親のもとに返し、後の半分を散骨しようと思っていたのです。

七月二日、到着したのは姉夫婦と妹二人でした。どの人もとても良い人のようで美登里は安心しました。

姉は自身が信仰する宗教の流儀でお葬式を済ませました。これでよかったと美登里は肩の荷を下ろしました。遺骨は、美登里が考えたように、半分だけもらって、残りの遺骨は両親の墓に入れてもらうようにしたのです。孝志との約束通り海に散骨することができると、とても嬉しく自然に顔がほころんできました。

孝志の遺した物はそのままにしていたので（孝志の遺品で思い出の多い物は美登里が持って帰っていましたが）、できるだけ持って帰ってもらったのです。

八月に四十九日の法要をするということだったので、美登里は絶対に参加すると姉と約束して別れました。

このようにして少しずつ孝志が死んだということが美登里の中で現実になっていったのです。それと同時に孝志を失って美登里の心の中にぽっかりと大きな穴が開きました。

美登里はこのままでいると自分は鬱になると実感して、心をハイにするためにダンスパーティーに参加しました。そこで、知り合いの人に「競技に出ることを希望している男性はいませんか」と尋ねたら、すぐ紹介してもらえました。

紹介された人は村上正彦という名前で、離婚をして今は一人ということでした。彼のダンスは孝志とよく似ていて、すぐ慣れました。

しかしダンスをしている時は楽しいのですが、そのほかの時はやっぱり孝志を思い出すのです。そんな時は心が休まるまで孝志の遺骨の前に座っていました。

新しいリーダーは、孝志と違って美登里の話をいっこうに聞かなかったのです。それどころか美登里が話し出すといつも反対のことを言って、話が全くかみ合いませんでした。

美登里は、男女差別をすることに反対なのですが、正彦は男女差別をし、美登里は同性婚を認めるのですが、正彦は認めないというように、全く考えるレベルが違ったのです。美登里は正彦との会話はやめようと思いました。そのため美登里にとって、競技会出場に行く道中、大阪神戸への車中は無言でとても苦痛でした。

正彦との競技会についての約束は「C級になるまで競技をしよう」ということでした。ところが、八月の競技会が終わったところで、正彦は「今年いっぱいで競技をやめよう」と言い出しました。九月からはD級で出場できるのですが、あと数回でC級になれるとは思わない美登里は「C級になれなかったとしてもやめるのですか」と聞いたら、「仕方ないですね」と答えたので美登里は、あまりにも自己本位だと思い、ペアを解消することにしたのです。

美登里はもともと自立した女性で、自分の意思をしっかり持っており、男性の言うことに黙って付いていくタイプではないどころか、そのような女性になりたくなくて今まで頑張って生きてきたのです。だから正彦のような男性は一番嫌いなタイプだったのです。

こうしてまた美登里はダンスの相手を失いました。しかし彼女は、真面目に練習していればまたいい相手が見つかるだろうと考えていました。

そんな時、美登里は孝志に「孝志の生き方がとても面白いので、本に書く」と言ったのを思い出したのです。美登里は自分が文章を書けるなんて思ってもみなかったのですが、なんとか孝志の人生を残したいという一心で書こうと思ったのです。

孝志は自分の育った場所、家族のこと、自分に関する周りのこと、どのように今まで過ごしてきたのか、また自分の心に秘めていることも、結局美登里には何も言いませんでした。そこで、孝志の姉、妹に彼が育った環境を聞き、孝志の残してくれたパスポート、写真などをもとに文章を書き始めました。

孝志の人生を綴っている時、美登里は孝志の人生を一緒に過ごしているような錯覚をし、この感覚は美登里に孤独を感じさせなかったのです。

美登里は寝ても覚めても、孝志の人生をどのように書こうか、この時彼はどのように思ったのか、どのように生活していたのか、などと考えていました。そしてそれが最高の楽しみでした。

美登里の学生時代には、将来自分が本を書くなどということは思いもよらないことでした。彼女は体育系の女性で、動くのが大好きで、文章を書くために長時間座っているなんてとてもできませんでした。そんな彼女が文章を書こうと思ったのは、孝志がさまざまな国を歩いていて珍しい体験をしているだろうし、また彼の生きた証拠を文章にして残そうと思ったからです。

そして、美登里は彼が死ぬまで閉ざしていた心の奥の扉を開くことができなかった反省のもとに、もっと人間として成長しようと思うのです。

美登里は孝志のことを書き終え、孝志の人生を一緒に生きたという実感を持ちました。彼の人生を一緒に歩き、まるで二人で人生を過ごしているようで楽しかったのです。その時初めて文章を書く喜びに浸ったのです。

これは孝志が自分に与えてくれた最後の贈り物だと悟りました。この贈り物を大切に、これからもさまざまなものを書いていきたいと思っています。

たまに、美登里は、仲の良い年配の夫婦を見るとちょっとうらやましい感覚に襲われます。美登里の両親も死ぬまで二人一緒でした。母はだんだん動けなくなっていく父の世話を人には任せられないと言い、自分の足が変形するのも構わず面倒を見ていたのです。デイケアも一緒に行き、とても仲の良い老後を過ごしていました。

しかし、美登里は、両親とは全く違った状況なのです。その中でいかに、自分らしく生き生きと、生きていくのには、どうしたらいいのでしょう。

もともと前向きに生きてきた美登里は、今自分の置かれた状況で一番いい生き方をするためには、自分がしたいことをすればいいのだ、と考えました。

それはダンスをもう少し極めること、孝志の最後の贈り物である「さまざまな文章を書く」こと、良い人間関係を構築すること。おまけに、孝志の時のように燃えるような恋でなくてもいい、ちょっと心が揺れる恋をして楽しく生きていけたらいいなあと思っています。

もちろん、吉夫の面倒も粛々と見ようと思っているのです。

この物語はフィクションであり、登場人物、公・私的機関、企業、団体などは実在するものと一切関係がありません。

著者プロフィール

横山 尚（よこやま なお）

1946年生まれ
1965年　大学教育学部入学
1969年　中学校、高等学校の教諭として教育に従事
2007年　退職

再生

2024年1月15日　初版第1刷発行

著　者　横山 尚
発行者　瓜谷 綱延
発行所　株式会社文芸社
〒160-0022　東京都新宿区新宿1－10－1
電話　03-5369-3060（代表）
03-5369-2299（販売）

印刷所　図書印刷株式会社

ISBN978-4-286-24850-9